W9-BEM-040

QUEST FOR SUCCESS/*En Búsqueda Del Éxito*

THE RACE

La Carrera

By Carl Sommer

Illustrated By Dick Westbrook

Advance Publishing, Inc. • Houston

A division of Sommer Learning Group

La Carrera

Permissions
Advance Publishing, Inc.
6950 Fulton St.
Houston, TX 77022

www.advancepublishing.com

First Edition
Printed in Malaysia

Library of Congress Cataloging-in-Publication Data

Sommer, Carl, 1930-
[Race. Spanish & English]
The race = La carrera / by Carl Sommer ; illustrated by Greg Budwine. -- 1st ed.
p. cm. -- (Quest for success = En busqueda del exito)
"An enhanced version of The Great Royal Race."
ISBN-13: 978-1-57537-230-3 (library binding : alk. paper)
ISBN-10: 1-57537-230-4 (library binding : alk. paper) [1. Princesses--Fiction. 2. Kings, queens, rulers, etc.--Fiction. 3.
Running--Fiction. 4. Spanish language materials--Bilingual.] I. Budwine, Greg, ill. II. Sommer, Carl, 1930- Great royal race. III. Title. IV. Title: Carrera.

PZ73.S65556 2009
[Fic]--dc22

2008048930

Contents

1. La Adorable Princesa 6
1. The Lovely Princess 7
Simón 8
Simon 9
Tomás 10
Thomas 11
Juan 12
John 13
2. Buscando Orientación 18
2. Seeking Guidance 19
Eligiendo al Pretendiente Correcto 20
Choosing the Right Suitor 21
El Consejo del Rey 26
The King's Advice 27
3. La Prueba del Verdadero Amor 28
3. The Test of True Love 29
La Reacción de los Corredores 28
The Runners' Reaction 29
Damas de Compañía...34
Ladies-in-Waiting 35
4. Preparación 40
4. Preparation 41
La Instrucción del Rey 44
The King's Instruction 45

La Carrera

En Búsqueda del Éxito

Novelas Gráficas para Aventuras Emocionantes y Descubrimiento

Quest for Success

Graphic Novels for Exciting Adventure and Discovery

5. La Gran Carrera Real 48
5. The Great Royal Race 49
Línea de Largada 50
The Starting Line 51
6. Los Servidores Escondidos 60
6. The Hidden Servants 61
¡Oro! 64
Gold! 65
¡Más Oro! 66
More Gold! 67
¡Mucho Más Oro! 70
Much More Gold! 71
¡La Pelea! 72
The Fight! 73
7. La Línea de Llegada 80
7. The Finishing Line 81
Arrepentimientos 80
Regrets 81
¡Tonto! ¡Tonto! ¡Tonto! 86
Dumb! Dumb! Dumb! 87
8. Campanas de Boda 90
8. Wedding Bells 91
About the Author 96
Acerca del Autor 98

1. La Adorable Princesa

En una tierra muy lejana, vivía una adorable y adinerada joven princesa llamada Elizabeth. Ella era amable y gentil, el deleite de todo el reino.

Todos querían a Elizabeth. Cuando ella salía al balcón de su palacio, la multitud se juntaba y la saludaba para mostrarle su afecto. Todos se preguntaban quién tendría el honor de casarse con la hermosa princesa, ya que quien lo hiciera, se convertiría en el próximo rey. Las personas estaban preocupadas, al darse cuenta que el futuro próspero de su reino, dependía en gran medida del liderazgo de su rey.

Ahora que Elizabeth tenía edad suficiente para casarse, era tiempo de que escogiera a su único y verdadero amor. Del otro extremo del reino vinieron tres atractivos pretendientes: Simón, Tomás y Juan.

1. The Lovely Princess

In a faraway land there lived a lovely and wealthy young princess named Elizabeth. She was kind and gracious, the delight of the kingdom.

Everyone loved Elizabeth. When she stepped out on the balcony of her palace, crowds gathered and waved to show their affection for her. Everyone wondered who would have the honor to marry the beautiful princess, for he would be next in line to become king. The people were concerned for they realized that the future prosperity of their kingdom depended much on the leadership of their king.

Now that Elizabeth had come of age, it was time for her to choose her one true love. From across the land came three fine suitors: Simon, Thomas, and John.

Simón

Simón había sido educado en las mejores escuelas, y era encantador con todas las hermosas doncellas. A cualquier lugar donde iba, todas las mujeres se juntaban a su alrededor y lo alababan. Él también era un gran orador. Sabía qué decir y cómo decirlo. Cuando él hablaba, las mujeres quedaban cautivas. A él le encantaba cuando las mujeres se agrupaban a su alrededor para escucharlo y alabarlo.

Simón sabía exactamente lo que quería, y sabía cómo obtenerlo. "Adoro que las mujeres *me* admiren", Simón le dijo a su mejor amigo, "pero mi mayor deseo es convertirme en un príncipe adinerado".

"El único modo de convertirte en un príncipe adinerado", lo asesoró su amigo, "es casándote con la princesa".

"Sí, lo sé", dijo Simón mientras inflaba su pecho; y jactándose le dijo: "Recuerda mis palabras. *Yo* me convertiré en el próximo príncipe".

Simon

Simon was trained in the finest schools and was charming to all the fair maidens. Wherever he went, all the women gathered around and adored him. He was also a great orator. He knew what to say and how to say it. Women were captivated when he spoke. He loved it when women flocked around him to listen and adore him.

Simon knew exactly what he wanted, and he knew how to obtain it. "I love making women admire *me*," Simon told his closest friend, "but my greatest desire is to become a wealthy prince."

"The only way to become a wealthy prince," his friend advised, "is to marry the princess."

"Yes, I know," said Simon as he stuck out his chest and boasted. "Mark my words. *I* will become the next prince."

Tomás

Tomás era fuerte y guapo, capitán en la Guardia Real. Cuando entraba al pueblo montado en su caballo, vestido con su brillante armadura, las mujeres jóvenes se juntaban a su alrededor para alabarlo. Pero al igual que Simón, Tomás tenía sueños altivos. Él planeaba casarse con la princesa porque ella era la heredera del trono.

"De acuerdo al decreto real", Tomás les dijo a sus amigos, "aquel que se case con Elizabeth se convertirá en el próximo rey. *Yo* seré el nuevo príncipe. Luego montaré un caballo blanco y desfilaré a través de los pueblos. Todos correrán desde sus casas ¡sólo para poder verme pasar a MÍ! Esa ha sido siempre mi más grande ambición".

"Haré todo lo posible para casarme con la princesa. Luego ¡*yo* me convertiré en el futuro rey!"

Thomas

Thomas was a strong and handsome captain in the Royal Guard. When he rode into town dressed in his shining armor, the young women also flocked around to adore him. But like Simon, Thomas had lofty dreams. He planned to marry the princess because she was in line for the powerful throne.

"According to the royal decree," Thomas told his friends, "whomever Elizabeth marries will become the next king. *I* will be the new prince. Then *I'll* ride a white horse and parade through the towns. Everyone will rush from their homes just to catch a glimpse of ME! That has always been my highest ambition.

"I'll do everything possible to marry the princess. Then *I* will become the future king!"

Juan

Y después estaba Juan, un plebeyo y soñador. El día que él se encontró con la princesa por primera vez, Juan estaba cubierto de lodo. Él pasaba casualmente por allí, cuando vio a un hombre mayor con su carreta atascada en una zanja. Y se detuvo para ayudar al hombre.

Cuando Elizabeth vio que Juan estaba haciendo una acción tan amable, preguntó: "¿Quién es ese hombre cubierto de lodo?"

Los que se encontraban cerca contestaron: "Su nombre es Juan. Es un buen hombre; siempre está ayudando a alguien".

John

Then there was John, a commoner and a dreamer. The day he first met the princess, John was covered with mud. John happened to be passing by when he saw an old man with his wagon stuck in a ditch. He stopped to help the man.

When Elizabeth saw John doing this kind deed, she asked, "Who is that man covered with mud?"

Those nearby answered, "His name is John. He's a good man. He's always helping someone."

Elizabeth estaba encantada de ver a un joven hombre tan servicial en el reino. Y se acercó para elogiarlo. "Lo que haces es algo muy bueno, brindar una mano para ayudar. Necesitamos muchos más hombres como tú en nuestro reino".

"Gracias", dijo Juan secándose el sudor de su rostro. Entonces miró a la princesa bondadosa, y repentinamente, se enamoró de ella profundamente.

Cuando Juan les contó a sus amigos lo que había ocurrido, ellos se rieron. "¡Olvídalo! Tú no naciste para ser un príncipe".

"Tal vez ella se convierta en plebeya", dijo él. "Nunca se sabe. Cosas extrañas pueden suceder. Todo lo que sé es que estoy profundamente enamorado de esta princesa bondadosa".

Elizabeth was delighted to see such a helpful young man in the kingdom. She walked over to compliment him. "It's a fine thing you're doing, lending a helping hand. We need many more men like you in our kingdom."

"Thank you," John said as he wiped the sweat from his face. He then looked up at the kindhearted princess and suddenly fell deeply in love with her.

When John told his friends what had happened, they laughed at him. "Forget it! You weren't born to be a prince."

"Maybe she'll become a commoner," John said. "You never know. Strange things can happen. All I know is I'm deeply in love with this kindhearted princess.

“Es absolutamente absurdo”, le aseguró uno de sus amigos. “No existe modo alguno de que la princesa se case con un plebeyo como tú. Estás perdiendo tu tiempo al pensar en ello.”

Sin embargo, para cuando la princesa regresó al castillo, algo extraño le había sucedido a ella también: no podía sacarse a Juan de su mente. “No lo puedo olvidar”, se decía a sí misma. “Allí estaba este joven hombre amable, ayudando a un hombre mayor a sacar el carruaje de una zanja. Increíblemente, él estaba dispuesto a cubrirse de lodo para ayudar al pobre hombre mayor. De seguro nuestro reino necesita más hombres como él. Necesito volver a encontrarlo”.

"It's utterly hopeless," one of his friends assured him. "There's absolutely no way the princess would marry a commoner like you. You're wasting your time thinking about it."

However, by the time the princess returned to the castle, something strange had happened to her as well. She couldn't get John out of her mind. "I can't get over it," she said to herself. "There was this kind young man helping an old man get his wagon out of a ditch. Amazingly, he was willing to get himself covered in mud to help that poor old man. Our kingdom sure needs more men like him. I need to meet him again."

2. Buscando Orientación

Desde que Elizabeth era pequeña, su madre le había enseñado acerca de escoger un marido: "Tú eres una princesa adinerada, y muchos hombres querrán casarse contigo. De modo que debes ser extremadamente cuidadosa y escoger a tu príncipe con sabiduría. Los hombres pueden resultar muy engañosos. Necesitas buscar a un hombre de buen carácter; un hombre así, *siempre* te honrará y te respetará. Nunca te pedirá que hagas algo incorrecto."

"Recuerda siempre: cualquier hombre que quiera violar tu pureza sexual debe ser inmediatamente rechazado. Sin importar cuán encantador sea o cuánto tú lo ames, su falta de respeto para contigo muestra que definitivamente es indigno de ti".

"Estoy de acuerdo", dijo Elizabeth.

2. Seeking Guidance

From early on Elizabeth's mother had taught her about choosing a husband. "You are a wealthy princess, and many men will want to marry you. So be extremely careful and choose your prince wisely. Men can be very deceptive. You need to seek a man of good character. Such a man will *always* honor and respect you. He will never ask you to do anything wrong.

"Always remember, any man wanting to violate your sexual purity should be immediately rejected. No matter how charming he is or how much you love him, his disrespect for you shows he is totally unworthy."

"I agree," Elizabeth said.

"Debes encontrar a aquél que *verdaderamente* te ame. Entonces a él no le importará si eres rica o pobre, si estás enferma o sana, si eres una princesa o una campesina". Recuerda: los votos del matrimonio son hasta la muerte. Y sólo cuando tu matrimonio esté basado en un compromiso de por vida, encontrarás la verdadera felicidad matrimonial."

"No te olvides que tu primer hijo varón se convertirá en el próximo rey. Es importante para el bienestar de tus hijos que tú y tu esposo estén comprometidos a una relación de por vida."

"Sé cuidadosa al elegir al hombre con quien estarás dispuesta a vivir durante los próximos cincuenta años. No creas que después de casados, serás capaz de cambiarlo. Escoge a un hombre que posea la personalidad y carácter correctos, ahora; porque así es como seguirá siendo una vez que estén casados. Y lo más importante, fíjate como trata a sus padres. Del modo en que él trata a sus padres, es como te tratará a ti".

"Gracias por tus recomendaciones", dijo Elizabeth. Ella le dio un abrazo a su madre. "Haré como tú dices".

Eligiendo al Pretendiente Correcto

Cada uno de los pretendientes de Elizabeth se había comportado siempre honorablemente, especialmente cuando estaban cerca de la princesa.

Sin embargo, ella se preguntaba: "Si escojo un príncipe, ¿cómo puedo estar segura de que él realmente me ama? Quizás sólo quiera ser rico y famoso".

"You must find the one who *truly* loves you. Then it will not matter to him whether you are rich or poor, sick or well, a princess or a peasant. Remember, marriage vows last until death. For only when marriages are life-long commitments will you find true marital happiness.

"Do not forget your firstborn son will become the next king. It is important for the well being of your children for you and your husband to be committed to a life-long relationship.

"Be careful to pick a man you are willing to live with for the next fifty years. Do not think after you are married you will be able to change him. Choose a man who possesses the right character now, for he will remain the same when you are married. And most important, see how he treats his parents. The way he treats his parents is the way he will treat you."

"Thank you for your advice," Elizabeth said. She gave her mother a hug. "I will do as you say."

Choosing the Right Suitor

Each of Elizabeth's suitors had always behaved with honor, especially around the princess. Still she wondered, "If I choose a prince, how can I be certain he really loves me? Perhaps he only wants to be rich and famous."

Finalmente se decidió: "Le preguntaré a Papá. Él es un hombre sabio; sabrá qué hacer".

La hermosa princesa bajó al salón y pasó a los guardias. "Padre, ¿puedo hablar contigo?"

Con sólo un chasquido de sus dedos, el rey desalojó el salón. Elizabeth le contó a su padre acerca de Simón, Tomás y Juan. Luego le preguntó: "¿Cómo puedo estar segura de escoger al príncipe correcto?"

At last she decided, "I will ask Father. He is a wise man. He will know what to do."

Down the hall and past the guards walked the beautiful princess. "Father, may I speak with you?"

With a snap of his fingers, the king cleared the room. Elizabeth told her father about Simon, Thomas, and John. Then she asked, "How can I be sure to choose the right prince?"

"Eres una mujer sabia al buscar asesoramiento", dijo el rey. "Sabes qué te ha enseñado tu Madre a buscar, ¿verdad?"

"Sí", respondió Elizabeth. "Realmente estoy de acuerdo con lo que Madre me dijo que buscara en un hombre. Sin embargo, he encontrado tres hombres que admiro profundamente. Todos ellos han mostrado su mejor comportamiento al estar cerca de mí. Pero aún me pregunto, ¿cómo puedo estar segura acerca de su carácter?"

"You are a wise woman seeking counsel," the king said. "You know what Mother has taught you to look for?"

"Yes," Elizabeth replied. "I heartily agree with what Mother told me to seek in a man. However, I have found three men I deeply admire. Around me they have all shown their best behavior. But I am still wondering, how can I be certain about their character?"

El rey se quedó sentado pensando en silencio.

"¡Tengo una idea!", dijo finalmente el rey.

Él compartió su idea con Elizabeth. "¡Excelente!", dijo Elizabeth. "Eso demostrará quién realmente me ama".

"Estoy encantado de que nos hayas consultado a tu Madre y a mí. Eres una princesa muy sabia. Espero que siempre continúes buscando sabiduría de otras personas".

El Consejo del Rey

Luego, su padre le dijo: "No lo olvides: el hombre con quien tú te cases se convertirá en el próximo rey. Asegúrate de elegir a un hombre que adore la sabiduría, que esté dispuesto a buscar consejos y que se muestre ávido por recibir correcciones. Sólo un hombre así asegurará el éxito de nuestro reino".

"Estos tres hombres han demostrado estas virtudes estando conmigo", dijo Elizabeth. Luego le agradeció a su padre y dejó el palacio, emocionada por lo que sucedería.

The king sat quietly thinking.

"I have an idea!" the king finally said.

He shared his idea with Elizabeth. "Excellent!" she said. "That will show who really loves me."

"I am delighted that you have sought advice from Mother and me. You are a very wise princess. I hope you will always continue to seek wisdom from others."

The King's Advice

Then her father said, "Do not forget, the man you marry will become the next king. Make sure you pick a man who loves wisdom, is willing to seek counsel, and is eager to receive correction. Only such a man will ensure our kingdom's success."

"These three men have all shown these virtues around me," Elizabeth said. Then she thanked her father and left the palace, excited about what was going to happen.

3. La Prueba del Verdadero Amor

Elizabeth reunió a sus tres pretendientes en el patio y les contó acerca de la prueba. "Ustedes tres han hecho que me resulte extremadamente difícil elegir quién será el próximo príncipe", dijo Elizabeth. "Todos ustedes han demostrado honor, ser leales y me han mostrado el mayor de los respetos".

"Le pedí a mi padre, el rey, que me aconsejara. Su Majestad ha planeado una carrera para ayudarme a elegir. Esta carrera será una prueba de amor verdadero. El ganador de La Gran Carrera Real se convertirá en mi príncipe".

La Reacción de los Corredores

Cuando Elizabeth se fue, los tres hombres hablaron emocionadamente acerca de la Gran Carrera Real. Simón levantó sus manos y exclamó: "Si yo gano, ¡me convertiré en un príncipe rico! Imaginen todo el oro y la plata que poseeré".

3. The Test of True Love

Elizabeth called her three suitors to the courtyard and told them about the test. "The three of you have made it extremely difficult for me to choose who will be the next prince," Elizabeth said. "You have all displayed honor, been loyal, and shown me the greatest respect.

"I asked my father, the king, for his advice. His Majesty has planned a race to help me choose. This race will be a test of true love. The winner of the Great Royal Race shall become my prince."

The Runners' Reaction

When Elizabeth left, the three men talked excitedly about the Great Royal Race. Simon raised his hands and exclaimed, "If I win, I'll become a wealthy prince! Imagine all the gold and silver I'll possess.

"Mi sueño de oro, joyas y riquezas en abundancia finalmente se convertirá en realidad. No puedo esperar a que comience la carrera. Pueden quedarse tranquilos, ¡*Yo* ganaré esta carrera!

Luego Simón, intentando intimidar a Tomás y a Juan infló su pecho y alardeó: "Recuerden mis palabras. ¡*Yo* me convertiré en el próximo príncipe!"

Pero Tomás dijo con un gesto de desprecio: "¡Eso es lo que tú piensas! Me ocuparé de esa carrera, y *yo* seré el ganador de la Gran Carrera Real. No existe forma alguna de que te permita ganar ¡a ti o a Juan!"

Luego infló su pecho y proclamó en voz alta: "Después de que gane la carrera, seré famoso, y me convertiré en el próximo rey! ¡Todos estarán emocionados de verme a MÍ!"

"My dream of gold, jewelry, and abundant riches will finally come true. I can't wait until the race begins. You can rest assured, *I'll* win this race!"

Then Simon, trying to intimidate Thomas and John, puffed out his chest and boasted, "Mark my words. *I'll* become the next prince!"

But Thomas sneered and said, "That's what you think! *I'll* see to it that *I'll* be the winner of the Great Royal Race. There's no way *I'll* ever allow you or John to win!"

Then he stuck out his chest and bellowed, "After I win the race, *I'll* be famous, and *I'll* become the next king! Everyone will be excited to see ME!"

"Eso es lo que tú piensas", lo desafió Simón. "Yo soy un corredor mucho más rápido de lo que tú eres. Te ganaré en cualquier lado, en cualquier momento, ¡en cualquier carrera!"

"¡Ja!¡Ja! ¡Ja!", se rió Tomás. "Puedes presumir todo lo que quieras. Yo soy el corredor más rápido del reino. He ganado las últimas diez carreras en las que he competido. Sería más sabio que tú y Juan se rindieran ahora. Es tonto que compitan conmigo. Les garantizo que *yo* seré el próximo rey".

"Presume todo lo que quieras", replicó Simón. "No hay modo de que te deje ganar a ti o a Juan".

"That's what you think," Simon challenged. "I'm a much faster runner than you are. I'll beat you anywhere or anytime in any race!"

"Ha! Ha! Ha!" Thomas laughed. "You can boast all you want. I'm the fastest runner in the kingdom. I've won the last ten races I've competed in. It would be wiser for you and John to give up now. It's foolish for you to compete against me. I guarantee *I'll* be the next king."

"Boast all you want," Simon snapped. "There's no way *I'll* let you or John win."

Juan no dijo ni una palabra. Sólo escuchó a Simón y a Tomás discutir acerca de quién ganaría la carrera. Juan también estaba emocionado, pero él únicamente susurró en voz baja: "Si yo gano, me casaré con la persona más encantadora y amable del mundo entero".

Entonces Juan se dijo a sí mismo: "Sé que no soy tan rápido como ellos, pero voy a entrenar arduamente y me esforzaré todo lo posible para ganar esta carrera".

Damas de Compañía

Fuera del palacio, Simón y Tomás continuaban discutiendo acerca de quién ganaría la Gran Carrera Real. Dentro del palacio, la princesa conversaba con sus damas de compañía.

John never said a word. He just listened to Simon and Thomas argue over who would win the race. John was excited too, but he just quietly whispered, "If I win, I'll marry the loveliest and kindest woman in the entire world."

Then John said to himself, "I know I'm not as fast as they are, but I'm going to train hard and do my very best to win this race."

Ladies-in-Waiting

Outside the palace, Simon and Thomas continued arguing about who would win the Great Royal Race. Inside the palace the princess chatted with her ladies-in-waiting.

"Estaba ante un gran dilema", explicó Elizabeth. "No sabía cómo escoger entre tres maravillosos pretendientes".

"¿Qué decidiste hacer?" preguntó una de las damas.

"Mi madre me advirtió acerca de escoger a un hombre con buen carácter, uno que me honrara y respetara. Los tres pretendientes siempre me han demostrado el mayor de los respetos y honor".

"Pero Madre también me advirtió: 'Los hombres pueden resultar engañosos, de modo que debes ser extremadamente cuidadosa y elegir a tu príncipe sabiamente'. Y yo me seguía preguntando: '¿Cómo puedo escogerlo sabiamente?'"

"I was in a great dilemma," Elizabeth explained. "I didn't know how to choose between three wonderful suitors."

"What did you decide to do?" one of the ladies asked.

"Mother warned me to make sure I picked a man with good character, one who would honor and respect me. All three suitors have always shown me the highest respect and honor.

"But Mother also warned, 'Men can be very deceptive, so be extremely careful and choose your prince wisely.' I kept asking myself, 'How can I choose wisely?'

"Finalmente decidí preguntarle a mi padre. Él siempre me ha amado, y sabía que me daría un consejo sabio. Para ayudarme, Padre preparó una carrera que revelará el carácter de mis tres pretendientes".

Las damas de compañía estaban emocionadas. Una de ellas preguntó: "¿Cuál es el plan para revelar el carácter de los corredores?"

"No puedo contarle a nadie acerca de la carrera. Necesitamos mantenerlo en secreto".

"Esto es tan emocionante", dijo una de las damas de compañía. "No podemos esperar a que comience la carrera".

"Yo también estoy muy emocionada", dijo Elizabeth mientras su corazón latía fuertemente. "Pronto descubriré a mi verdadero y único amor".

"Finally, I decided to ask Father. He has always loved me, and I knew he would give me wise advice. To help me, Father planned a race that will reveal my three suitors' character."

The ladies-in-waiting were excited. One of them asked, "What's the plan to reveal the runners' character?"

"I can't tell you anymore about the race. We need to keep it a secret."

"This is so exciting," one of the ladies-in-waiting said. "We cannot wait until the race begins."

"I'm also very excited," Elizabeth said as her heart pounded within her. "Soon I will discover my one true love."

4. Preparación

Día tras día, Simón, Tomás y Juan se entrenaban para la carrera. Bajo la fuerte lluvia o el calor abrasador, los pretendientes corrían…y corrían…y corrían. Cada uno de ellos sabía que la oportunidad de casarse con la princesa, valía cualquier sacrificio.

Juan siempre entrenaba más arduamente para la carrera. Cada día afinaba su mejor esfuerzo. Sabía que no era el corredor más rápido. Pero estaba determinado a perseverar y a hacer lo mejor posible para ganar la mano de la princesa.

Simón y Tomás también entrenaban, pero no se preocupaban por trabajar tan arduamente. No querían que los otros corredores descubrieran lo rápido que podían correr.

4. Preparation

Day after day Simon, Thomas, and John trained for the race. Whether pouring rain or searing heat, the suitors ran...and ran...and ran. Each of them knew the chance to marry the princess was worth every sacrifice.

John always trained the hardest for the race. Every day he put forth his best effort. He knew he wasn't the fastest runner. But John was determined to persevere and do his best to win the hand of the princess.

Simon and Thomas also trained, but they didn't bother to work so hard. They didn't want the other runners to discover how fast they could run.

"No estoy corriendo tan rápido como puedo", se jactó Tomás, intentando intimidar a Simón y a Juan. "Recuerden: gané mis últimas diez carreras. No hay modo alguno de que ustedes dos me puedan ganar a *mí*. Podrían tranquilamente darse por vencidos".

"Yo tampoco estoy corriendo tan rápido como puedo", dijo Simón con un gesto de desprecio. "Si *yo* corriera tan rápido como puedo, los dejaría a ambos detrás y tapados de tierra. Además, no les diré cuántos campeonatos he ganado corriendo. Lo averiguarán después de que les gane esta carrera".

Juan nunca dijo ni una palabra. Sólo seguía entrenando, corriendo y esforzándose lo más posible. Pero sin importar cuán rápido corriera Juan, siempre estaba detrás de Simón y de Tomás.

“I’m not running my fastest,” Thomas boasted, trying to intimidate Simon and John. “Remember, I won my last ten races. There’s no way you two can beat *me*. You might as well give up.”

“I’m not running my fastest either,” Simon said with a sneer. “If *I* ran as fast as *I* could, I’d leave you two behind in the dust. Besides, I’m not telling how many championship races I’ve won. You’ll find out after I win this race.”

John never said a word. He just kept training and running and doing his best. But as hard as John raced, he was always behind Simon and Thomas.

La Instrucción del Rey

Mientras tanto, el rey llamó a su trono a tres de sus servidores más confiables. "Esta carrera es extremadamente importante para nosotros y para nuestro reino", dijo. "Deben escuchar muy cuidadosamente lo que les voy a decir".

"Puede estar seguro", dijeron los servidores, "de que escucharemos cuidadosamente".

El rey, susurrando, explicó su plan a los servidores. Luego le dio a cada uno una bolsa de cuero marrón y una advertencia final: "¡No dejen que nadie los vea! ¿Está claro?"

"Sí, Su Majestad", contestaron. "Nos aseguraremos por completo de que nadie nos vea".

The King's Instruction

Meanwhile, the king called three of his most trusted servants to his throne. "This race is extremely important to us and our kingdom," he said. "You must listen very carefully to what I am about to say."

"You can be assured," the servants said, "we will listen very carefully."

The king whispered to his servants as he explained his plan. Then he gave each one a brown leather bag and a final warning, "Do *not* let anyone see you! Is that clear?"

"Yes, Your Majesty," came the answer. "We will make absolutely sure no one will see us."

La noticia de la Gran Carrera Real se esparció por todo el reino. Nadie nunca antes había escuchado de un evento así. Una mujer se quejó: "La princesa es muy tonta. Imagínese, ¡hacer una carrera para ver con quien debería casarse!"

"Pero el rey es muy sabio", respondió su vecino. "Puede estar segura de que después de esta carrera, admiraremos al rey por su gran sabiduría".

"No veo cómo eso podría ser posible. La carrera más bien parece una idea tonta".

"Estoy seguro de que hay secretos que nosotros desconocemos", dijo el vecino.

News of the Great Royal Race spread throughout the kingdom. No one had ever heard of such an event. One woman complained, "The princess is very foolish. Imagine having a race to decide whom she should marry!"

"But the king is very wise," her neighbor replied. "You can be certain after this race we'll admire the king for his great wisdom."

"I don't see how that could be possible. This race seems like such a foolish idea."

"I'm sure there are secrets we don't know," the neighbor said.

5. La Gran Carrera Real

Finalmente, llegó el día de la Gran Carrera Real. La gente viajó desde todos los pueblos y villas; montando a caballo, en burros, en carretas y a pie. Nadie, ni jóvenes ni mayores, querían perderse este emocionante evento. Nunca antes había habido una carrera para determinar quién sería el próximo príncipe.

El día de la carrera, la gente se juntó en las calles; la emoción se sentía en el aire. El Rey, la Reina y la Princesa tomaron sus lugares en la Tribuna Real.

5. The Great Royal Race

Finally the day of the Great Royal Race arrived. People traveled far and near from towns and villages on horses, donkeys, wagons, and foot. No one, young or old, wanted to miss this exciting event. Never before did they have a race to determine the next prince.

On the day of the race, people lined the streets. Excitement filled the air. The king, queen, and princess took their places in the Royal Grandstand.

"Madre", dijo Elizabeth, "esto es tan emocionante. Hoy descubriré a mi príncipe".

"Yo también estoy emocionada", respondió la reina. "Estoy encantada con tu deseo de tener un esposo sabio y amoroso. Fuiste muy sabia al buscar el asesoramiento de tu padre. Esta carrera ciertamente revelará el carácter de tus pretendientes".

Línea de Largada

Tomás y Juan comenzaron a caminar hacia la línea de salida. La multitud ovacionaba y animaba mientras ellos pasaban caminando.

"Mother," said Elizabeth, "this is so exciting. Today I will discover my prince."

"I'm excited, too," the queen replied. "I am overjoyed over your desire to have a wise and loving husband. You were very wise to ask Father for advice. This race will certainly reveal your suitors' character."

The Starting Line

Thomas and John started to walk to the starting line. The crowds clapped and cheered as they walked by.

Simón, sin embargo, quería caminar solo hacia la línea de salida. "Si camino solo", razonó, "obtendré mayor atención. Eso me ayudará cuando sea el próximo rey".

Simón infló su pecho y se pavoneó orgullosamente hacia la línea de salida. Era un largo trecho. La multitud ovacionó y animó a Simón mientras pasaba caminando. Él adoró tener tanta atención.

Simón y Tomás no habían entrenado demasiado para esta carrera, porque ellos eran, los dos, excelentes corredores. Juan, sin embargo, había entrenado largo y duro para este día. Finalmente, era el día de la decisión. Uno de los corredores pronto ganaría el honor de casarse con la hermosa princesa.

Simon, however, wanted to walk to the starting line by himself. "If I walk by myself," he reasoned, "I'll get more attention. That will help me when I'm the next king."

Simon puffed out his chest and proudly strutted to the starting line. It was a long walk. The crowds clapped and cheered as Simon walked by. He loved the attention.

Simon and Thomas had not trained much for this race, for they were both excellent runners. John, however, had trained long and hard for this day. Finally, it was the day of decision. One of the runners would soon gain the honor of marrying the beautiful princess.

"¿Quién cree que ganará?", preguntó una mujer.

"Definitivamente será Tomás o Simón", contestó rápidamente un hombre. "Juan no tiene posibilidades. Los otros dos corredores son mucho más rápidos".

Esto era cierto, y Juan lo sabía. Aún así, él se lo propuso en su corazón: "Tal vez no sea el más rápido, pero voy a intentar hacerlo lo mejor que pueda. No dejaré disuadirme por nada".

Cuando todos los corredores estuvieron en la línea de salida, Tomás alardeó una vez más: "Es tonto que ustedes dos corran contra mí". Luego infló su pecho. "Recuerden: yo he sido el campeón en las últimas diez carreras. Mejor les iría si se dieran por vencidos."

"Who do you think will win?" a woman asked.

"It will definitely be either Thomas or Simon," a man quickly answered. "John doesn't have a chance. The other two runners are much faster."

This was true, and John knew it. Still he purposed in his heart, "I may not be the fastest, but I'm going to try as hard as I can. I will let nothing deter me."

When all the runners were at the starting line, Thomas boasted once more, "It's foolish for you two to run against *me*." Then he puffed out his chest. "Remember, *I've* been the champion runner for the last ten races. You might as well give up."

"Ya deja de jactarte", respondió Simón rápidamente. "No me vas a intimidar a *mí*. Recuerda: aún no has ganado esta carrera. Ya verás, ¡*yo* seré el ganador de esta carrera!"

"Eso es lo que tú piensas", dijo Tomás con un gesto de desprecio. "Te haré comer tus palabras".

Juan no dijo ni una palabra. Él se enfocó en correr, y en hacer su mejor esfuerzo.

El Rey leyó las reglas. Luego, dijo: "Deseamos que todos hagan su mejor esfuerzo. Recuerden: el ganador de esta carrera se casará con la princesa y, algún día, se convertirá en rey".

Las multitudes estallaron con emoción. Luego que la ovación terminó, el rey anunció en voz alta: "Cuando las campanas de la ciudad suenen, ¡comienza la carrera!"

"Stop your boasting," Simon snapped back. "You're not going to intimidate *me*. Remember, you haven't won this race yet. You'll see, *I'll* be the winner of this race!"

"That's what you think," Thomas sneered. "*I'll* make you eat your words."

John never said a word. He focused on running and doing his best.

The king read the rules. Then he said, "We want all of you to do your very best. Remember, the winner of this race will marry the princess and will one day become the future king."

The crowds went wild with excitement. After the cheering stopped, the king announced with a loud voice, "When the town bell rings, the race begins!"

Un increíble silencio irrumpió entre la multitud. Todos esperaban emocionados con gran expectativa.

"¡Clang! ¡Clang!", sonaron las campanas del pueblo. Rápido como un rayo, Simón, Tomás y Juan salieron corriendo desde la línea de salida.

¡Las multitudes aclamaban! ¡La Gran Carrera Real había comenzado!

A great hush fell over the crowd. Everyone waited in excited anticipation.

"Clang! Clang!" went the town bell. Like flashes of lightning, Simon, Thomas, and John dashed from the starting line.

The crowds cheered! The Great Royal Race was under way!

6. Los Servidores Escondidos

Más adelante en el camino, los servidores del rey oyeron las campanas y las ovaciones. Supieron entonces que la carrera había comenzado, y ellos también se habían preparado mucho para este día. Escondidos a lo largo del camino, estaban listos para obedecer las órdenes del rey.

El primer servidor espió para ver a los corredores desde su lugar de escondite; escuchó pasos a la distancia. "Debo ser muy cuidadoso para llevar adelante la orden del Rey", pensó. "Esta carrera es extremadamente importante para nuestro reino y su futuro".

6. The Hidden Servants

Farther up the path, the king's servants heard the bells and the cheering. They knew the race had begun, and they were well prepared for this day. Hiding along the way, they were now ready to obey the king's command.

The first servant peeked from his hiding place to watch for the runners. He heard footsteps in the distance. "I must be very careful to carry out the king's command," he thought. "This race is extremely important for our kingdom and its future."

Siendo muy cuidadoso para no hacer ningún ruido, abrió silenciosamente la bolsa que el Rey le había dado. "No quiero que los corredores me vean a mí, o la bolsa", se dijo a sí mismo.

Cuidadosamente, se escondió atrás de un arbusto para poder ver a los corredores. Luego, Simón y Tomás llegaban a la primera curva, con Juan ligeramente por detrás de ellos. Cuando el servidor divisó a los corredores, tiró tres monedas de oro en el camino y se escondió detrás de los arbustos, silenciosamente.

Being careful not to make any noise, he silently opened the bag the king gave him. “I don’t want the runners to see me or the bag,” he said to himself.

He carefully pulled back the bush so he could see the runners. Then around the first bend came Simon and Thomas, with John slightly behind. When the servant spotted the runners, he tossed three gold coins onto the path and quietly ducked behind the bushes.

¡Oro!

Cuando Tomás divisó las valiosas monedas, gritó: "¡Ohhh! ¡Monedas de oro!"

El corazón de Simón latía con emoción. "¡Mira este oro!", gritó. "¡No puedo pasarlo por alto!"

Tomás se lanzó violentamente sobre ellas, y recogió dos de las monedas. Simón tomó la otra. "No lo puedo creer", dijo Tomás. "Esto me ayudará a lograr mi sueño ¡de hacerme rico!"

Pero Juan no se detuvo ni un solo paso. Siguió corriendo a toda velocidad. Su corazón estaba unido a una cosa: ganar la carrera para poder casarse con la bondadosa princesa.

Gold!

When Thomas spotted the valuable coins, he cried, "W-w-wow! Gold coins!"

Simon's heart beat with great excitement. "Look at this gold!" he shouted. "I can't pass this up!"

Thomas made a quick dash and picked up two gold coins. Simon grabbed the other. "I can't believe it," Thomas said. "This will help me achieve my dream of becoming rich!"

But John didn't miss a step. He kept running full speed. His heart was fixed on one thing—winning the race so he could marry the kindhearted princess.

Por supuesto, Simón y Tomás también querían casarse con la princesa, pero ¿cómo podrían dejar pasar este gran tesoro? Además, sabían que podrían ganarle a Juan fácilmente.

Simón y Tomás rápidamente recuperaron el tiempo perdido, ya que ambos eran mucho mas rápidos que Juan. Pero al llegar a la segunda curva, apenas podían creer lo que veían. Otro servidor había tirado tres monedas de oro.

¡Más Oro!

"¡Más oro!, gritó Tomás. Rápidamente se inclinó para recoger una moneda de oro. "¡Ohhh!", gritó Simón. "¡No lo puedo creer! ¡Más monedas de oro! ¡Soy tan afortunado!"

Of course, Simon and Thomas also wanted to marry the princess, but how could they possibly pass up such great treasure? Besides, they knew they could easily outrun John.

Simon and Thomas quickly made up for lost time, for they were both much faster than John. But as they rounded the second corner, they couldn't believe their eyes. Another servant had thrown out three more pieces of gold.

More Gold!

"More gold!" Thomas yelled. Quickly he bent down to pick up a gold coin."Wow!" Simon yelled. "I can't believe it! More gold coins! I'm so lucky!"

Simón se lanzó abruptamente para recoger las monedas. Esta vez recogió dos de ellas.

Juan también vio las monedas. "El oro no me importa", dijo. "Lo único que me importa es ganar esta carrera y casarme con la bondadosa princesa. Me rehúso a permitir que algo me distraiga ¡de esforzarme lo más posible!"

No pasó mucho tiempo antes de que Simón y Tomás pasaran de nuevo a Juan. "¡Ja! ¡Ja! ¡Ja!", rió Tomás mientras pasaba a Juan. "Mejor sería que te dieras por vencido. Eres como una tortuga lenta. No hay modo de que puedas ganar la carrera, corriendo contra mí. Además eres estúpido por dejar pasar el oro".

Juan nunca dijo ni una palabra. Sólo continuó esforzándose lo más posible.

Simon also made a quick dash to pick up the coins. This time he grabbed two of the coins.

John also saw the coins. "I don't care about the gold," he said. "I'm only interested in winning this race and marrying the kindhearted princess. I refuse to let anything hinder me from doing my best!"

It was not long until Simon and Thomas passed John again. "Ha! Ha! Ha!" Thomas laughed as he passed John. "You might as well give up. You're a slow poke. There's no way you can win running against me. You're also stupid for passing up the gold."

John never said a word. He just kept doing his best.

¡Mucho Más Oro!

Cuando se aproximaron a la curva final, los corredores alcanzaron a ver otras tres monedas de oro…¡y éstas eran mucho más grandes que las otras!

"¡Soy rico!, ¡Soy rico!", gritó Simón. "¡Esto es increíble!"

"¡Ohhh!", gritó Tomás. "Estas monedas de oro ¡son mucho más grandes que las otras! No lo puedo creer. ¡Tengo mucha suerte hoy!"

El par de codiciosos se lanzaron violentamente hacia las valiosas monedas de oro. Pero Juan ni siquiera miró hacia abajo; simplemente siguió corriendo tan rápido como podía.

Much More Gold!

When they came to the final turn, the runners caught a glimpse of three more pieces of gold. And these gold coins were much larger than the others!

"I'm rich! I'm rich!" Simon cried. "This is unbelievable!"

"Wow!" Thomas yelled. "These gold coins are much larger than the other ones! I can't believe it. I'm really lucky today!"

The greedy pair dove for the valuable gold coins. But John never looked down. He just kept running as fast as he could.

¡La Pelea!

Simón tomó una moneda; Tomás arrebató la otra. Pero los dos hombres comenzaron a luchar por la última pieza de oro.

"¡Dámela!", gritó Tomás. "Yo la recogí primero".

"¡No!", gritó Simón. "¡Ahora la tengo yo. ¡Es mía!"

Pelearon por la tercera gran moneda de oro, hasta que Tomás dijo: "Te dejaré llevarla. Pero te advierto, ¡arreglaremos esto más tarde!"

The Fight!

Simon grabbed one coin. Thomas snatched another. For the last piece of gold, the two men wrestled.

"Give it to me!" shouted Thomas. "I got my hands on it first."

"No!" yelled Simon. "I've got it now. It's mine!"

They fought over the third large coin until Thomas finally said, "I'll let you carry it. But I warn you, we're going to settle this later!"

"¡Puedes apostar que lo haremos!", replicó Simón. "No hay modo de que te deje quedarte con esa moneda. Vale mucho dinero".

"¿Estás de acuerdo en arreglarlo más tarde?", preguntó Tomás. "No quiero continuar peleando por esta moneda de oro. De otro modo, Juan ganará la carrera".

"¡Sí!", dijo Simón con un gesto de disgusto. "Arreglaremos esto después de la carrera".

"You bet we will!" snapped Simon. "There's no way I'm going to let you keep that coin. It's worth a lot of money."

"Do you agree to settle it later?" Thomas asked. "I don't want to keep fighting over this gold coin. Otherwise, John will win the race."

"Yeah!" Simon sneered. "We'll settle it after the race."

Rápidamente, los dos se sacudieron el polvo. No querían que nadie supiera que se habían detenido por el oro—especialmente la princesa—.

Entonces se fueron, corriendo tan rápido como podían. Mientras corrían, sonreían ante el tintineo del oro en sus bolsillos.

"¿No es increíble?", Simón se preguntó a sí mismo. "Encontré valiosas monedas de oro mientras corría. Soy el hombre más feliz del mundo. Y las monedas eran tan grandes. Esto es increíble."

Quickly the pair dusted themselves off. They didn't want anyone to know they had stopped for the gold, especially the princess.

Off they went, running as fast as they could. While running they grinned at the sound of gold jingling in their pockets.

"Isn't this amazing?" Simon asked himself. "I found valuable gold coins while running. I'm the happiest man in the world. And the last coins were so large. This is unbelievable."

"¡Ohhh!" Tomás continuaba diciéndose a sí mismo, mientras sentía las monedas de oro tintineando en su bolsillo. "Mira toda la riqueza que he encontrado. Soy tan afortunado por encontrar todo este oro. No puedo esperar a averiguar cuánto valen estas monedas de oro".

"Wow!" Thomas kept saying to himself. He could feel the gold coins bouncing in his pocket. "Look at all this wealth I found. Am I ever lucky to find all this gold. I can't wait to find out how much these gold coins are worth."

7. La Línea de Llegada

Mientras los corredores aparecieron nuevamente, la hermosa princesa se puso de pie, animándolos en la recta final. "No puedo esperar a averiguar quién será mi príncipe", le dijo Elizabeth a su madre. "Esto es tan emocionante".

"Piensa en ello", le dijo la Reina al Rey. "Pronto descubriremos al próximo rey. Estoy tan emocionada por ver al ganador de esta carrera".

"Sí", respondió el Rey. "Confío en que tendremos a un príncipe que nos deleitará a todos".

Arrepentimientos

Debido a que Simón y Tomás se detuvieron por el oro, Juan estaba ahora adelante en la carrera. Aunque Simón y Tomás estaban ganando terreno, comenzaron a preguntarse si tal vez habían sido tontos por haber recogido el oro.

7. The Finishing Line

As the runners came into view, the beautiful princess stood up, cheering them to the finish. "I can't wait to find out who will be my prince," Elizabeth said to her mother. "This is so exciting."

"Think of it," the queen said to the king. "Soon we will discover the next king. I am so excited to see the winner of this race."

"Yes," the king replied. "I am confident we will have a prince who will delight us all."

Regrets

Because Simon and Thomas had stopped for the gold, John was now ahead in the race. Although Simon and Thomas were gaining ground, they began wondering if perhaps they were foolish for picking up the gold.

"Tal vez no debí haberme detenido por el oro", Simón se dijo a sí mismo. "No puedo dejar que Juan gane esta carrera. Necesito intentarlo con mayor esfuerzo si quiero ser un príncipe rico".

Y Simón aceleró el paso.

"¿Acaso fui un tonto al detenerme por el oro?", Tomás se preguntó. "Miren a Juan. Está muy por delante nuestro. No puedo dejar que me gane. Estaría avergonzado de perder ante esa tortuga lenta. Seré el hazmerreír del pueblo".

Tomás corrió más rápido que nunca. "¡Yo debo, debo ganar!", exclamó. "Si no gano, ¡nunca me convertiré en un rey famoso!"

"Maybe I shouldn't have stopped for the gold," Simon said to himself. "I can't let John win this race. I need to try much harder if I am to be a wealthy prince."

Simon picked up speed.

"Was I foolish for stopping for the gold?" Thomas wondered. "Look at John. He's so far ahead of us. I can't let him beat me. I'd be embarrassed to lose to that slow poke. I'd be the talk of the town."

Thomas ran faster than ever. "*I* must! *I* must win!" he exclaimed. "If I don't win, I'll never become a famous king!"

Sólo su amor por Elizabeth empujaba a Juan a seguir. “Haré lo que sea necesario para ganar a la princesa”, dijo. Forzó cada músculo de su cuerpo para correr más rápido. Pero, ¿sería eso suficiente? Ahora Juan podía escuchar a Simón y a Tomás acercándose más y más.

En el último segundo, los tres corredores hicieron un último esfuerzo por aumentar la velocidad. La multitud gritaba mientras los corredores cruzaban la línea final. La carrera había terminado: ¡Juan, el plebeyo, había ganado!

Simón y Tomás estaban muy enojados. Habían estado tan cerca, pero aún así habían perdido la carrera.

Elizabeth estaba encantada. Ahora sabía quién realmente la amaba a ella, y no sólo a su riqueza y fama. Con lágrimas en los ojos, se acercó a Juan y le dijo: “Tú eres mi príncipe”.

Only his love for Elizabeth pushed John along. "I'll do whatever it takes to win the princess," he said. He strained every muscle in his body to run faster. But would it be enough? For John could now hear Simon and Thomas getting closer and closer.

At the very last second, all three runners gave a final burst of speed. The crowd cheered as the runners crossed the finish line. The race was over. John the commoner had won!

Elizabeth was delighted. Now she knew who really loved her, and not just her wealth and fame. With tears in her eyes she went to John and said, "You are my prince."

Juan, con su corazón retumbando de regocijo, sonrió y dijo: "¡Y tú eres mi gentil y adorable princesa!"

¡Tonto! ¡Tonto! ¡Tonto!

Simón y Tomás estaban furiosos. Habían llegado tan lejos…sólo para perder la carrera. "¡Qué estúpido! Cuán estúpido fui al detenerme por el oro", dijo enfurecido Simón mientras se alejaba pisoteando. "Perdí la carrera por unas pocas monedas de oro. Ahora nunca me convertiré en un príncipe adinerado".

"¡Tonto! ¡Tonto! ¡Tonto!", dijo Tomás mientras se alejaba violentamente sacudiendo su cabeza. "¿Cómo pude haber sido tan estúpido de parar por el oro? Ahora no seré un rey famoso".

La princesa se acercó a su padre, lo besó y le dijo: "Gracias Padre, por ayudarme a encontrar a quien verdaderamente me ama. Eres el mejor padre de todo el mundo".

"De nada", dijo el Rey.

Cuando la gente del reino supo acerca de la prueba secreta del Rey, todos lo elogiaron por su gran sabiduría. Sin embargo, a través de los pueblos y villas del reino, Simón y Tomás se hicieron conocer como Los Tontos.

"Estoy tan feliz por ti", dijo la Reina a Elizabeth. "Debemos comenzar a prepararnos para la ceremonia de boda. Estoy encantada de que hayas escogido a una persona tan noble para casarte con él".

John, his heart pounding with joy, smiled and said, "And you are my kind and lovely princess!"

Dumb! Dumb! Dumb!

Simon and Thomas were furious. They had come so close, only to lose the race. "How stupid! How stupid of me to stop for the gold," Simon fumed as he stomped away. "For a few gold coins I lost the race. Now I'll never become a wealthy prince."

"Dumb! Dumb! Dumb!" Thomas said as he stormed away shaking his head. "How could I be so stupid as to stop for the gold? Now I won't be a famous king."

The princess went to her father, kissed him, and said, "Thank you, Father, for helping me find the one who truly loves me. You're the best father in the whole world."

"You are welcome," the king said.

When the people in the kingdom learned about the king's secret test, they all praised him for his great wisdom. However, throughout the towns and villages, Simon and Thomas became known as the Foolish Ones.

"I am so happy for you," the queen said to Elizabeth. "We must begin preparing for the marriage ceremony. I am delighted you picked such a noble person to marry.

"Aunque Juan sea un plebeyo, él es el hombre de mayor carácter e integridad. Las virtudes que él posee ciertamente lo ayudarán a gobernar nuestro reino sabiamente".

"Elizabeth", dijo el Rey, "has elegido bien. He hablado con Juan, y es un buen joven. Es amable y un hombre de sabiduría y discernimiento. Sé que un día él se convertirá en un rey justo y noble".

"Although John is a commoner, he is a man of high character and integrity. The virtues he possesses will certainly help him rule our kingdom wisely."

"Elizabeth," the king said, "you have chosen well. I have spoken to John, and he is a fine young man. He is kind and a man of wisdom and discernment. I know one day he will become a just and noble king."

8. Campanas de Boda

Muy poco después, el reino se regocijó con el sonido de las campanas de boda repicando al anunciar el matrimonio de Juan y Elizabeth. El Rey y la Reina enviaron invitaciones a todos los pueblos y villas.

Cuando toda la gente llegó, tuvieron una ceremonia de boda real. Todos fueron invitados al gran banquete de celebración. Los lugareños celebraron la boda de Juan y Elizabeth.

8. Wedding Bells

Soon afterward the kingdom rejoiced at the sound of wedding bells chiming to announce the marriage of John and Elizabeth. The king and queen sent out invitations to all the towns and villages.

When all the people arrived they had a royal marriage ceremony. Everyone was invited to the grand marriage feast. The villagers joyfully celebrated the marriage of John and Elizabeth.

Elizabeth quedó agradecida por siempre con su madre y su padre, por el sabio consejo que le habían dado. Después de la ceremonia de boda, lo primero que Elizabeth hizo fue abrazar a su madre y decirle: "Madre, quiero agradecerte por todo lo que me has enseñado. Gracias a tus enseñanzas, ahora soy la princesa más feliz del mundo, con un esposo maravilloso".

Luego Elizabeth se acercó a su padre y le dijo: "Padre, te agradezco enormemente todo lo que has hecho por mí, y por el sabio asesoramiento que me has brindado a través de los años". Abrazó a su padre y lagrimeó de alegría por todo lo que él había hecho por ella.

Elizabeth was forever grateful for her mother and father's wise advice. After the wedding ceremony, the first thing Elizabeth did was to hug her mother and say, "Mother, I want to thank you for everything you taught me. Because of your teaching, I am now the happiest princess in the world with a wonderful husband."

Then Elizabeth went to her father and said, "Father, I greatly appreciate all you have done for me and for the wise counsel you provided me throughout the years." She hugged her father and wept for joy for all he had done for her.

Juan no sólo probó que verdaderamente la amaba, sino que con el tiempo, también probó haber nacido para gobernar. Juan se convirtió en un gran y muy sabio rey; y él y Elizabeth vivieron felices para siempre.

Not only did John prove he truly loved her, but in time he proved he was born to rule. John became a very wise and great king, and he and Elizabeth lived happily ever after.

About the Author

Carl Sommer, a devoted educator and successful businessman, has a passion for equipping students with virtues and real-life skills to help them live a successful life and create a better world.

Sommer served in the U.S. Marine Corps and worked as a tool and diemaker, foreman, tool designer, and operations manager. He also was a New York City public high school teacher, an assistant dean of boys, and a substitute teacher at every grade level in 27 different schools. After an exhaustive ten-year study he wrote *Schools in Crisis: Training for Success or Failure?* This book is credited with influencing school reform in many states.

Following his passion, Sommer has authored books in many categories. His works include: the award-winning *Another Sommer-Time Story*™ series of children's books and read-alongs that impart values and principles for success. He has authored technical books: *Non-Traditional Machining Handbook*, a 392-page book describing all of the non-traditional machining methods, and coauthored with his son, *Complete EDM Handbook*. He has also written reading programs for adults and children, and a complete practical mathematics series with workbooks with video from addition to trigonometry. (See our website for the latest information about these programs.)

Across the nation Sommer appeared on radio and television shows, including the nationally syndicated Oprah

Winfrey Show. He taught a Junior Achievement economics course at Prague University, Czech Republic, and served on the Texas State Board of Education Review Committee.

Sommer is the founder and president of Advance Publishing; Digital Cornerstone, a recording and video studio; and Reliable EDM, a precision machining company that specializes in electrical discharge machining. It's the largest company of its kind west of the Mississippi River (www.ReliableEDM.com). His two sons manage the EDM company which allows him to pursue his passion for writing. Another son manages his publishing and recording studios.

Sommer is happily married and has five children and 19 grandchildren. Sommer likes to read, and his hobbies are swimming and fishing. He exercises five times a week at home. Twice a week he does chin-ups on a bar between his kitchen and garage, and dips at his kitchen corner countertop. (He can do 40 full chin-ups at one time.) Three times a week he works out on a home gym, does push-ups, and leg raises; and five times a week he walks on a treadmill for 20 minutes. He's in excellent health and has no plans to retire.

From Sommer's varied experiences in the military, education, industry, and as an entrepreneur, he is producing many new products that promote virtues and practical-life skills to enable students to live successful lives. These products can be viewed at: www.advancepublishing.com.

Quest for Success Challenge

Learn virtues and real-life skills to live a successful life and create a better world.

Acerca del Autor

Carl Sommer, un devoto educador y exitoso hombre de negocios, tiene la pasión de equipar a los estudiantes con virtudes y aptitudes de la vida real, para ayudarlos a vivir una vida exitosa y crear un mundo mejor.

Sommer sirvió en el Cuerpo de Marina de los EE.UU. y trabajó como fabricante de herramientas y troqueles, capataz, diseñador de herramientas y gerente de operaciones. Él también fue maestro en la escuela pública secundaria de la Ciudad de Nueva York, asistente del decano de varones y maestro suplente de todos y cada uno de los grados en 27 escuelas diferentes. Luego de un estudio exhaustivo de diez años, él escribió Schools in Crisis: Training for Success or Failure? (Escuelas en Crisis: ¿Enseñanza para el Éxito o el Fracaso?) A este libro se le acredita influencia sobre reformas en la educación de muchos estados.

Siguiendo su pasión, Sommer cuenta con la autoría de libros en diversas categorías. Sus trabajos incluyen: la serie de libros infantiles y lecturas grabadas ganadora de premios, Another Sommer-Time Story™, que imparten valores y principios para el éxito. Él es autor de libros técnicos: Non-Traditional Machining Handbook (Manual de Mecanizado No Tradicional), un libro de 392 páginas que describe todos los métodos de mecanizado no tradicionales; conjuntamente con su hijo, es además co-autor del Complete EDM Handbook (Manual completo de EDM —electroerosión—). Él también ha escrito programas de lectura para adultos y niños y una completa serie práctica de matemáticas, con libros de ejercicios que incluyen videos con contenidos desde suma hasta trigonometría. (Vea nuestro sitio web para encontrar la información más actualizada acerca de estos programas).

Por toda la nación, Sommer ha aparecido en programas de radio y televisión, incluyendo el Oprah Winfrey Show transmitido por cadena nacional. Él enseñó un curso de economía de Junior Achievement en la Universidad de Praga, República Checa y sirvió al Panel del Estado de Texas del Comité de Revisión de la Educación.

Sommer es el fundador y presidente de Advance Publishing; Digital Cornerstone, un estudio de grabación y video; y Reliable EDM, una compañía de maquinaria de precisión que se especializa en mecanizado por descarga eléctrica. Es la compañía más grande de su tipo en el oeste del Río Misisipi (www.ReliableEDM.com). Sus dos hijos gestionan la compañía EDM, lo cual le permite satisfacer su pasión por escribir. Otro de sus hijos gestiona sus estudios de publicación y grabación.

Sommer está felizmente casado, tiene cinco hijos y 19 nietos. Él disfruta de la lectura y sus pasatiempos favoritos son la natación y la pesca. Sommer hace ejercicios en su casa, cinco veces por semana. Dos veces por semana hace ejercicios de flexión sobre una barra que se encuentra entre la cocina y el garaje, además de los ejercicios de fondo en el esquinero de la mesada de su cocina. (Puede hacer 40 ejercicios de flexión en una serie). Tres veces por semana él ejercita en el gimnasio de su casa, hace lagartijas y elevación de piernas; y cinco veces por semana camina con una rutina de 20 minutos. Cuenta con una salud excelente y no planea jubilarse.

A partir de las variadas experiencias de Sommer en los campos militar, educativo, industrial y como emprendedor, él ha producido muchos nuevos productos que promocionan virtudes y aptitudes prácticas de la vida real, para permitir a los estudiantes vivir vidas exitosas. Usted puede interiorizarse acerca de estos productos en: www.advancepublishing.com.

Desafío En Búsqueda del Éxito

Aprende virtudes y aptitudes de la vida real para vivir una vida exitosa y crear un mundo mejor.

Quest for Success Writing Prompt Generator

1. Write a report on how *The Race* supports the author's passion for equipping students with virtues and real-life skills to help them live a successful life and create a better world.

2. Describe the character of Simon, Thomas, and John.

3. Write about the queen and king's advice to Elizabeth and what you can learn from it today.

4. Write about the reasons Simon and Thomas failed and John succeeded. What lessons can we learn from this?

En Búsqueda del Éxito Temas para Desarrollar

1. Escriba un informe mostrando cómo *La Carrera* apoya a la pasión del autor por equipar a los estudiantes con virtudes y aptitudes de la vida real, para ayudarlos a vivir una vida exitosa y crear un mundo mejor.

2. Describe el carácter de Simón, Tomás y Juan.

3. Escribe acerca de los consejos de la reina y del rey a Elizabeth, y qué puede aprender usted de ellos hoy en día.

4. Escribe acerca de las razones por las cuales Simón y Tomás fallaron, y Juan tuvo éxito. ¿Qué lecciones podemos aprender a partir de esto?

Quest for Success
Discussion Questions

1. What advice did the queen give to Elizabeth about choosing someone to marry?

2. What advice did the king give to Elizabeth about choosing someone to marry?

3. What was the king's purpose in having his servants throw gold coins on the path of the runners?

4. Why was John able to win the race even though he was the slowest runner?

5. How did Simon and Thomas feel after losing the race?

En Búsqueda del Éxito
Preguntas para Disertar

1. ¿Qué consejo le dio la reina a Elizabeth acerca de escoger a alguien para casarse?

2. ¿Qué consejo le dio el rey a Elizabeth acerca de escoger a alguien para casarse?

3. ¿Cuál era el propósito que llevó al rey indicarles a sus sirvientes que lanzaran monedas de oro, en el camino de los corredores?

4. ¿Por qué pudo Juan ganar la carrera aún cuando era el corredor más lento?

5. ¿Cómo se sintieron Simón y Tomás después de perder la carrera?

Free Online Videos

Straight talk is hard-hitting, fast-paced, provocative, and compassionate. Carl Sommer does not shy away from challenging issues as he offers from his vast experiences practical solutions to help students on their quest for success.

Sommer shares his insights on the dangers of drugs, alcohol, sex, and dating, and offers sound advice about friends, peer pressure, self-esteem, entering the job market, careers, entrepreneurship, the secrets of getting ahead, and much more.

To View Free Online Videos Go To:
www.AdvancePublishing.com
Under "Free Resources" click on "Straight Talk"